後藤律

詩集 言葉の宝石

文芸社

詩集

言葉の宝石

●●●もくじ●●●

❶ 純

会いたい人がいます
流れ星に向かって
あの人に会えますように……と
お願いをしました
こんなにも純心に、お願いをしたのは
小学生の時以来

流れ星のお祈りを

信じているわけではないけれど
儚い何にもすがりたい……
人を好きなる時の想いは
小学生の時も
大人の今も
根底にあるものは同じなんだと
僕は思いました

② 愛をさがす

答えはいつも見つからない
答えがどこにあるのかもわからない
見本も、お手本なんてものもない
どれが正しくて
どれが間違いか
なんて云えない
人を好きになってしまうことって
こんな感じかもしれないと

僕は思う

③電話

雨あしが強くなった
僕は、君との電話越し
向こう側で雨音を聞いている
「こっちは曇ってるけど
　雨はまだ、ふっていないよ」
僕と君の間の距離
僕と君とをつなぐ一本の糸

④切り札

僕は　着飾って出掛けます
今日　君に
「素敵だよ」と言われたくて
僕は　今日　切り札を持って出掛けます
僕は　覚悟しています
今日が勝負だと……

⑤僕の心

身体がバラバラになる思い
僕の心は
僕のものでありながら
僕の自由にはならない
僕の心は
全て君にゆだねられている

⑥純粋

時には
僕の疲れた心を洗い流す
時には
刃物となって僕をおそう
純粋さ
その言葉には
測り知れない奥深さがあると
僕は思う

⑦ 夕日

夕日が沈む
岩影にかくれて
だんだん姿がなくなって
僕は君と二人で車を止めて
並んで見ています
このまま朝日が出てくるまで
ここに居ようか……
帰りたくない二人が、ここにいます

愛とは　こうゆうもので
恋愛とは　こうゆうもので
与えすぎず　もらいすぎず
息長く、与え続け、もらい続け
二人が見た夕日は
間違いなくかけがえのない夕日

⑧相思相愛

僕は何も知らないし
知りたくもない
君の赤裸々を

過去は誰にだってあるし
きっと知っても
これから先の二人には
何の障害にもならないって

僕は思うから
二人は好き同志
相思相愛
愛は盲目……
今も昔も誰もが言ってたっけ
それならば
僕は盲目
君も盲目

⑨普通の二人

平地より　少し高い山に登ってみた
僕は展望台から下を見下ろす
車も建物も
思ってた以上に小さく見えて
ものすごく感動したっけ
平地よりも少し風が強くふいてきたから
君は着ていた上着を
さっと　僕の肩にかけてくれたんだ

「優しいね」
僕は君のそんなさりげないそぶりが
大好きなんだ
気どらない、ありのままの心で
僕に接してくれる君が
大好きなんだ

⑩君の話

嬉しそうに話す君
僕は君の口元をじっと見る
君の口元を見ているだけで
もう僕は楽しくなってくる
君の嬉し話が君の口元をつたって
僕に心地良く、伝達された
もっともっと僕に話をして
もっともっと僕を嬉しくさせて

⑪僕は君の笑う顔が好き

僕は
いま、君が目を細めて笑ってくれたから
また、頑張れる気がする
君はどっしりと地に足をつけて
確実にこの世の中を歩いている
その時々に見せる君独特の笑い方
ああ、これがあるなら大丈夫
僕のそばで
いつも笑っていてくれないか

⑫脱出

君の言葉は、いつも純粋で
僕の心に響いてくる
激しく僕を打ちのめす
優しく僕を救う
母のように
友のように
恋人のように
師のように

今、すぐに
僕のこのちっぽけな悩みなんて
笑いとばそう

⑬ 灯

本能で君をこんなに愛して
理性で僕の心の奥深くに眠る
今にも押し出されそうで
押し出す事の出来ない
温かいものを殺している
半分、気づいていて
残り半分、目をつぶっている
こんな状態に長く居ると

火山の噴火みたく
僕は時々外に出してやりたくなる
報われない僕のこの感情に
時々明るい灯を灯してやりたくなるのです

⑭君の瞳と涙

このケガれた僕の心を
君のその美しい涙で洗い流して欲しい
僕が考えつく事も出来ないほどの
美しく清らかな君の瞳は
寂しそうに僕を見つめる
かわいそうなこの僕を
気の毒そうに見つめる
いい加減に生きているこの僕を救えるのは

この広い世界の中で
たった一人の君だけ

⑮あこがれ

この感情は
あきらめ……に似ています
この想いは
安らぎ……だと感じます
何も求めず
秘かに想う
何も期待せず
ただ、この静かな尊敬の念を

与え続けよう

⑯結婚

僕が君と結婚したいと思った理由――
つき合ってる時の君の
「じゃあ、またね」
がとても寂しかったから
同じ家に一緒に帰って
二人同時に
「ただいま」
が言いたい

⑰旅する二人

僕と君を何かに例えるとしたら
それは、同じ舟に乗って
大海を旅する二人
荒波を二人で経験し
おだやかな海を一緒に見る

嬉しさも苦悩も
僕は君と一緒だから受け入れられる

時には僕が君を守り
時には君が僕を守り
二人の道のりは果てしなく遠い

⑱日常の中の幸せの形

田舎に住んでいる母から
送り物があると、幸せ
朝、干した洗たく物が
パリッと乾くと、幸せ
僕の作った肉ジャガを美味しいと
僕の横で君が笑ってくれたら、幸せ
何気ない毎日の日常が
それはそれで、幸せ

⑲真白な嘘

僕は時々、嘘をつきます
君の事を愛しているから
僕は時々、悲しく泣きます
君の愛情を測りたいから
僕は時々、大げさに笑います
君の横顔をチラッと見て

僕は時々、苦しくなります
こんなに大勢の人のなかから
僕を選んでくれたのに
僕は自信がないので
時々、苦しくなります

僕は時々、僕なりに嘘をつきます
真白な嘘をつきます

⑳夫婦

一人の人を
同じ感情のまま
コンスタントに想い続けることは
とても難しいと思う
晴れたり、曇ったり、雨がふったり
時には、どしゃぶりで
カミナリがなって嵐がふくように
人の心もさまざまだ

何かに制されて
何か義務のような気持ちで
なかば、仕方なさで
一人の人を愛していると云うのなら
それは愛ではなく
もはや、情だろう

㉑失くした愛の形

真珠のような大粒の涙
僕も君につられて
一緒に泣いてしまった
ごめんね、ごめんね
僕が君に、そうさせているのなら
取り戻したい
昔のままの気持ち
いつまでもずっと変わらずに

愛の形を現在まで育てていくのは
かなり難しいこと
君がそう望むなら
僕の失くしてしまった昔の愛の形
少し待って
取り戻してくるから

㉒君と僕のカタチ

君とは、話した分だけパワーをもらう
そんな君は僕の栄養素
時に励され
時にしかられたりもした
愛とは違った、それは君と僕だけのカタチ

話し上手じゃないから
僕はいつも黙り込む

つまらない言葉など
君と僕には必要ない
話したくない時は肩を並べて
座っているだけでいい
自然に二人が手を
つなぎ合っていたりもした
愛とは違った、それは君と僕だけのカタチ

㉓何年越しの情

この切なさをも
僕の心に取り入れて
嬉しさや喜びに変化させて
楽しむことが出来ればいいなと思う
僕はいつも不器用だから
そんなこと、決してできないんだけれど
僕の心の中で
今にもあふれでそうなくらいにふくれあがった情を

僕はどうしてしまおうか
考えあぐねている
何年越しの情
さわやかな言葉では語れないし
悲しくまとめるには寂しすぎる
僕は何年も、こうしてしまった

㉔本当に大切なもの

この世の中には「絶対」なんてあり得ない
日常の忙しさにかまけて
空気みたく感じる奴らを
僕は知らぬまに見失っている

軽々しく「絶対」なんて言葉
使っちゃいけない気がした。
本当に大切な何かを見失いたくないから

僕は時々、後ろを振り返る
こんな僕だから
君とこうして同じ時間《とき》を生きている

㉕優しい気持ち

自転車に乗る子供
僕の子供
少し後ろから早走で
それを追いかける君
やっぱり、広い庭にして良かった
青空の下で、笑い顔とはしゃぎ声
つきることのない、みんな

ああ、こうゆうのが
僕の求めていたものなのかもしれない

春には桜の下で
みんなでお弁当を広げよう

夏の夜には線香花火をしながら
その小さな光と音を楽しもう

秋、緑色が紅色に変わる木々
少し肌寒い秋空の下で大好きな団栗《どんぐり》をたくさん拾おう

冬になったら、おこたをかこんで
冷たい手と手に
僕の暖かい息をかけてあげる
君と僕と、その子供
自然に、優しい気持ち

㉖ 久し振りに会った君に

久し振りに会った君の口ぶりは
にくまれ口にも
のろけにも聞こえます
君は今、幸せなんだなあ……と
僕は思いました

㉗子供について考えたこと

人を決めつけて、考えてはいけない
それが、たとえ、自分の子供だとしても

子供は
自分の分身だが、自分ではないし
自分と違った意志や考えを持った
立派な生きものなのだから
教えることが多いけれど

子供に教わることも決して少なくない
自分の所有物のように扱うことは危険だと
最近、僕はつくづく思う

㉘師走

さわがしい街
結構誰もが嬉し顔

ほんとは、サンタさんなんていない
結構誰もが知っている

プレゼントをあげる人も
もらう人も

結構誰もが幸せなんだ

㉙お母さんへ

お母さん
いつも恐しい顔でにらんで
僕は、そんな貴方が
いつも怖かったんです
大きな優しさだったと
今ならわかるけれど
とても怖かったんです
とても世話好きな、田舎のただのおばさん

飲んだくれのお父さんの愚痴を聞いてあげるのも
今は僕の役目
元気で元気で、長生きして下さい
貴方からもらった大粒の愛情を
今は僕なりに僕の子へ
伝えてゆきたいと思うから

㉚姉のこと

僕は君のことが、過去、ずっと苦手だった
そして今も……
君はいつも、この僕に厳しい
中途半端なこの僕を
いつもターゲットにして論議をしようとする
そして僕は言葉不足のため、いつも敗北する
いつだって、君の言っていることが正しくて
僕の言うことなんて無視されるんだ

自然の成り行きでできてしまった上下関係
そのレールの上を
この先どんなに進んでも
交差なんてしないし
まさか、入れ変わるなんてこともない

僕は、いじけたりしない
君と僕は、姉と妹

㉛かっこ悪い僕

陽の当たる公園
木々は風に揺られて、人は流れて
僕は立ちつくす
僕、あんまり一人が好きじゃないんだ
僕、あんまり一人で居たくないんだ

呼吸する街、その中の一人で僕はいたいんだ
水の流れ、何て綺麗なんだろう

人の心をも潤す。僕は心を洗う
僕、あんまり一人が好きじゃないんだ
僕、あんまり一人で居たくないんだ

かっこ悪い僕
僕らしく生きてみてはいるのだけれど

㉜ 疑問

ぽろぽろと
大事なものを落としてゆく
しゃべれば、しゃべるほど
想いとは反比例にものごとが進んでゆく
僕は思いきり、もがく
結局、僕ができることって
この程度のものだ
最後は、あきらめてしまって

そこら辺のものに、原因をなすりつけた
一体、僕は
このままの僕で
イイノデショウカ?

㉝プライドについて――

僕を支えているもの……
ケチなプライド
僕を支えているものは、これ以外に
何ひとつとしてないので
僕は必死で虚勢を張って
立ち向かう
急に僕は何でも出来る気がして
偉人ぶったり

急に何の価値をも生まない
つまらないアリのような存在だと
自分自身を否定したり
毎日毎日、とどまることなく
立場がぐるぐると入れ変わる
おもしろい僕

34 雲

何も考えずに、ぼんやりと横たえて
真青な空を見ていた
どんどん景色は変わってゆく
雲が現れて、移動して、また、現れる
違う雲が……
僕は一体何のために、この世に生を受けたのか
こんな大胆な大空の下で
僕が何をしたって、結局、ちっぽけなこと

この大空の下では、全てがちっぽけなこと
思ったよりも意外と早く
空の雲は移動してゆく
そして、この空の雲を
偉そうに違う位置から見ている奴が
この世にいるんだろう

㉟こんな日の夕暮れ

どうしようもなく
人恋しい時があります
僕が会いたいのは
友なのか、親なのか、君なのか……
それは、よくわからないけれど
何故だか
人肌に触れたくて……

僕は今まで
一人で生きてきたわけじゃない
こんな日の夕暮れが
あまりにも綺麗だから
僕をそう思わせるのかもしれません

㊱紅葉のある風景

一枚一枚、それは違う
それぞれの形
それぞれの紅
同じ色ではないのに
みんな、それを「赤」と云う
またこの季節がやってきたんだなあと
僕は思う
僕の大好きな季節

水面は、それぞれの紅に照らされて
キラキラ光る
まぶしくて
じっと同じ場所を見つめることができないくらいだ
僕はこの景色を背景にして
いろんなことを考えてみる
ほっと息をつく
はく息が少し白い
ブルッと震えて
僕は背すじを伸ばし
自分自身に気合いを入れた

㊲冬山の登山で思ったこと――

僕は冬の山に登ったことがある
どの山も、どの山も、どの山も
一面に白くて区別がつかない
ただ、一番高い山に登った時
そこから見下ろす雪をかぶった山々の景色は
忘れることができない
とても、とても寒いのだけれど
僕は、いつまでもこの場所に立っていたいと思った

何かを征服できるような
この僕でも何かできるような気がするから
不思議だ
自然の力は偉大だ
僕は背中をポンッと押されて
きっと何かできるって
不思議な自信と確信に満ちている
鳥肌がたった
僕は生まれ変われるだろうか

㊳排他

忘れてしまえ……
君は云う
忘れてしまいたい……
僕も思う
排他――
全ての生ぬるさや甘えや誘いを排除する
断固とした潔さが欲しい

㊴変身

人は変われると思うのです
この世の中は、変わらないことの方が
美しいことの様に思われているけれど……
変化しないものがあるんだろうか
一体……
こんな女々しい生き方も考えも思いも
全て捨てて
潔い自分に変わりたいと思うのです

㊵ありがとう

インターネットもＭＤも
今、流行の機械もの
新しいものばかり先行しちゃって
僕は今、手書きの詞を創ってます
かっこ悪いものを
かっこいいと思い
僕は、僕なりに
この時代を生きようとしています

殺しも、あんまり目立つ事件じゃなくなって
こんな、せちがらい世の中を
僕はどうやって生きてゆくか考えてます
人の心や優しさに触れた時
素直な心で「ありがとう」と言える
自分づくりに励んでます

感謝——あとがきにかえて——

ただ、ただ、おとなしく、謙虚に、主婦業のみに専念し、平々凡々な日々を送っていた私。幼少の頃から書くことが好きで、ノートなどに、なぐり書きをしていました。

趣味が転じて、まさかまさか、本を出版することになるなんて、一番驚いているのは、自分本人かもしれません。

今回、本を出版するにあたって、心良く理解を示してくれた主人に心から感謝しています。また、㈱文芸社の皆様に、御指導をたまわりました。感謝、感謝の気持ちで一杯です。ありがとうございました。私の子供のようなこの本が、少しでも多くの人に読んでもらえればいいな…と思っています。

二〇〇〇年　春　後藤　律

〈著者略歴〉

後藤　律

1971年愛媛県生まれ。
松山大学法学部法学科卒業後、
結婚。

詩集　言葉の宝石

初版第1刷発行　2000年4月1日

著　　者　後藤　律
発 行 者　瓜谷綱延
発 行 所　株式会社 文芸社
〒112-0004
東京都文京区後楽2-23-12
電話　03-3814-1177（代表）
電話　03-3814-2455（営業）
振替　00190-8-728265
印 刷 所　株式会社フクイン

ISBN4-8355-0115-2　C0092